푸른사상 시선 128

꽃나무가 중얼거렸다

푸른사상 시선 128

꽃나무가 중얼거렸다

인쇄 · 2020년 7월 17일 | 발행 · 2020년 7월 25일

지은이 · 신준수
펴낸이 · 한봉숙
펴낸곳 · 푸른사상사

주간 · 맹문재 | 편집 · 지순이, 김수란 | 마케팅 · 김두천
등록 · 1999년 7월 8일 제2−2876호
주소 · 경기도 파주시 회동길 337−16(서패동 470−6) 푸른사상사
대표전화 · 031) 955−9111(2) | 팩시밀리 · 031) 955−9114
이메일 · prun21c@hanmail.net /prunsasang@naver.com
홈페이지 · http://www.prun21c.com

ISBN 979−11−308−1688−3　　03810
값 9,000원

이 시집은 2020년 충청북도. 충북문화재단의 후원으로 발간되었습니다.

푸른사상
시선

128

꽃나무가 중얼거렸다

신준수 시집

푸른사상
PRUNSASANG

아득한 처음,

돋아나는 새 잎처럼 푸르던 그때를

쉼이라 말해도 될까?

봄을 눌러 잡고 있던 꽃송이 압정

따끔,

내려놓는다.

2020년 돋움달
신준수

| 차례 |

■ 시인의 말

제1부

제2부

제3부

제4부

제1부

애기똥풀

꽃을 보았어 똥 누고 싶은 것 노랗게 참고 있는, 곧추선 대궁이 초록 목책 울타리처럼 싱싱했어, 반짝이는 십자 창문을 닮았어 꽃잎, 감정 없이 떨어졌어 관자놀이에 흘러내린 머리카락처럼 부드러웠고

옷에 노란 똥이 묻었어 소문처럼 와자했어 쑤알라 쑤알라 지구의 공전 소리를 엿들었고 몇 번 하늘을 바라보았을 뿐인데 고만고만한 똥 무더기 무성했어

노란 꽃, 똥 누고 싶은 것 참고 있는 거래, 믿어지지 않지만 귓속말은 이 귀에서 저 귀로 윙윙거렸어

마을을 돌아다녔어, 똥 묻은 옷을 입고 간이 화장실 한 칸 덜렁 들어다 애기똥풀 군락지에 놓아주고 싶었어

구름 속에는 여름이 가득했어

형제목욕탕 1

자음과 모음
앉아 있는 몸, 서 있는 몸, 구부린 몸들
글자의 받침들 같다
여섯 시에 들어온 받침과
일곱 시 반에 들어온 자음의 그림자가
아는 체를 하며 접혔다 펴진다

글자들도 오래되면
때를 불리고 벗겨주어야 하는구나
갈수록 흐릿해지는 글자들,

활처럼 부드럽게 몸이 휘거나
곧추선다는 건
어미가 되고 아들이 된다는 것,
그러니까 결이 다르다는 것

철벅철벅
발목에 고이는 물결무늬 따라

탁탁,

등을 두드리는

다정한 말은 다정한 곳을 지나왔을 것이다

저, 몸들

어떤 문자의 해체본 같다

때를 밀고 옷 갖춰 입으면

오래전 말투들이 줄줄 새어나오는

옛말 교본쯤 되겠다

이종배

　종배가 죽었다 살짝 모자란 종배가 살짝 모자란 겨울에 죽었다 엄마가 없던 종배는 강가에서 놀았다 음악책을 찢어서, 국어책을 찢어 종이배를 접어 띄웠다

　어떤 날은 엄마라는 말이 찰랑찰랑 물기슭으로 밀려왔다 어떤 날은 주머니에 구겨 넣어둔 이름 하나가 별과 별 사이를 오고 갔다

　종이배에서 이 자가 빠진 종배, 살짝 모자라서 선생님 야단도 살짝 모자라게 들었고 눈물도 찔끔찔끔 살짝 모자란 듯 흘렸다

　무지개는 산수유꽃 뒤에 피었고, 살구꽃은 깨금발을 하고 월요일 앞에 왔다 덩달아 종배도 뭉클 피가 돌았다 여울물 소리 약으로 듣던 봄이었다

　종배가 죽었다 살짝 모자란 계절에 그가 가장 믿었던 강 얼음이 깨졌다 가로지르는 길이 제일 위험하다고, 몇십 년

전부터 일렀지만 살짝 모자란 종배가 살짝 모자란 나이에
살짝 모자란 얼음 속으로 사라졌다

　봄이 되고, 종배는 강 아래쪽에서 발견되었다 그곳은 종
이배가 가라앉은 곳이었다

억지로 보는 거울

목을 한껏 뒤틀었어 뒤태가 궁금했어 빳빳하게 맵시를 부리다 보면, 온몸을 비틀어도 보고자 하는 곳, 그 근처만 보였어 보이는 곳을 더욱 세세하게 살핀다는 것, 대기 속을 날아온 꽃잎이거나 동봉된 정적 같은 것,

내 눈으로 볼 수 없는 뒤태, 남의 눈을 통해 보는 염원, 밀려온 시간과 장소에 변하는 밀지인지 모를 일

거실에서 웃는 것은 거울뿐, 식물계를 지나 도착한 화초들, 광합성을 배우지 못한 나는 모음을 발음했고, 달이 차고 기우는 때때로 꼭꼭 눌러 채웠다 가는 엽엽의 순리

거울이 학습한 것은 상대방을 보는 것으로 나를 알아채는 일

꽃씨 날고 담채화 같은 계절, 억지로 목 틀다 보면 자칫 와장창 깨질 것이고, 덜 여문 꽃씨는 단전에 원기를 모으는 중이고

형제목욕탕 2

옷이 만들어지기 전 어떤 부족들입니다 옷이 없다는 것은 어떤 털 짐승도 잡지 않았다는 뜻, 각자의 음모를 내보이는 여자들은 이곳에선 어떤 음모도 감출 수 없다는 뜻입니다 아이에게 젖을 물리고, 무럭무럭 김이 나는 물속을 들락날락합니다 불의 사용법쯤은 익힌 듯합니다 동굴 속에 웅크리고 있다 때가 되면 나옵니다 얼굴에 구릿빛 황토를 바르고 달걀노른자를 바르고 오이를 얹고, 둘이 모이면 둘의 언어로 셋이 모이면 셋의 언어로 이야기합니다 남자들은 보이지 않으니 이 부족의 질서들은 내외입니다 황토 자수정 소금방, 빛나는 것들의 가치쯤은 소용없는 시대입니다

옷 한 벌이 몇천 년의 시간입니다

앉은부채

잠에서 깨어 처음 삼킨 양식이
독초더라니
싱싱한 울음 그 울음 쏟아내게 하려고
눈 속에 돋아난
공양이더라니

꿈에서 가져온 봄볕을 꽃들에게 주고
곤히 익은 잠을 뒤집는다

나발을 닮은 꽃들은
왜 화색 가득한 바람을 묻히고 다니는 걸까,

좌불처럼 앉아 있다, 귀 없는 꽃
기운이 치밀면 사원으로 곤충을 초대한다는 말을 믿어보
기로 한다

독경이 흐르는 쪽으로 달팽이관은 돌고
두고 온, 화촉동방을 기억하는 어느 수도자처럼

난 기울어진 사랑에 불 꺼진 꽃을 걸어둔다

알고 보면 독한 것일수록 선한 곳에 있고, 스스로 앓는 배탈도 있다

속 한 번 쓰리고 오래 끄덕이는 것들
회오리를 거친 꽃이라는 문장

가부좌를 튼 볕이 격자무늬로 어룽대다
돌림노래처럼 일어선다
언제일까 스스로 독을 삼킬, 문장의 시간

촘촘하다
몇백 년 절터였는지도 모를 산기슭에
차갑게 타오르는 불꽃

매일매일

위장술을 연습해 매일매일, 그래서 나는 매일매일 무엇이나 된 것처럼 나 자신을 속이는 매일매일 햇살을 지나 매일매일 생각나 매일매일 기다려 매일매일 어둠이 나를 무등 태워 매일매일 출렁출렁 춤추는 밤 매일매일 다이아벡스 500mg 매일매일 글라포민 500mg 매일매일 홍삼진 골드 세 숟가락 괜찮아

그건 매일매일 숙련이 하는 말, 판단할 수 있고 보류할 수 있는 말, 기다리는 일도 그와 같은 것, 괜찮아 사랑이야 괜찮아 두부야 괜찮아 친구야 괜찮아 꽃의 후음이 낯선 골목을 맴돌아 괜찮아 한 잎 베어 문 여름, 괜찮아 동화책 괜찮아괜찮아 토닥토닥 괜찮아, 괜찮아

묵묵한 것들 다 매일매일이 같아서 지루해서 할 수 있는, 예외 없는 규칙들 수억 년을 달려와 운석처럼 땅에 떨어진 말들, 매일매일 몸 밖에서 나를 처음 보는 양 낯선 눈빛, 하늘이 시간을 움직이는 매일매일

공기는 늘 모양이 같지, 별들은 마치 눈송이들 같아서 이

따금 공중에 떠 있는 배고픈 새를 생각해 그리고 그래서 지
금 나는 지구 밖 어느 행성을 지나고, 길게 펼쳐진

탁본

고인쇄박물관에서
직지심경 탁본을 떴다
마중 들어간 한지가
문자들을 모시고 나올 때까지
두드리고 문지르는 마중
몇백 년 숨어 들어간 것이
고작 손가락 한 마디도 안 되는 거리

저 문자들 날마다
신발 끈을 묶었을 것이다
오랜 세월 바깥으로 나오려고
비와 바람의 기운으로
밤낮으로 걸었을 것이다

문자들은
비바람 세월로 걸어 나오는 것이고
자꾸 얇아져 마중하다 보면
언젠가는 평평한 표면에 도착하겠지만

기껏, 그 오랜 길 걸은 거리가
손가락 한 마디도 못 되는 거리다

흐릿해진,
평평한 활자들

밖으로 안으로
걸어 나오고 걸어 들어간 것이
탁본이라니

성안길

가볍게 소면과 만두를 먹고 바람 속을 걷고 있소 웃자란 풀처럼 생각은 멋대로 건들거리오 구름은 어화둥둥, 메마름 속을 걷는 것은 내 사랑뿐이오 동문 쪽에서 사이렌 소리가 들리오 시네마 거리를 지나 읍성도(邑成圖)는 바닥에 누워 고집을 부리는 중이오

성안을 걷고 있소 철당간을 돌아 압각수가 보이오 무성한 은행잎은 귀하의 심장을 닮았소 사람들은 알지 못할 것이오 심장은 꽃과 같이 젊지 않다는 것을, 글썽임이오 망선루가 고개를 빳빳이 세우고 웅성거리고 있소 권태와 고독이 다발다발 개화하는 밤이오 굿바이

박제(剝製)가 되어버린 천재(天才)를 아시오? 나는 유쾌하오*

성안을 걷고 있소 하늘이 소리로만 남았소 정신이 은화처럼 맑소* 이상한 길에서 이상한 사람을 만나 카페 이상으로 가오, 별 달 꽃 바람 계절을 횡단하고 있소 들쭉날쭉한 상점

26

들에서 흐늑흐늑한 불빛이 노동가처럼 흔들거리오

 늦지 않은 저녁이오 모퉁이를 돌아 이상의 집은 커피 만
델링처럼 묵직하오 〈해변의 길손〉이 클라리넷 연주로 흐르
고 있소 귀밑까지 내려온 달빛을 당겨 탁자에 깔았소 염원
들도 달빛을 따라 소풍을 떠나는 빛이 사라진 밤이오 씨유

 * 이상의 「날개」에서 따옴.

공갈빵의 기술

붕붕 부풀리는 것도 기술이다 흙으로 사람을 지으사 코에
생기를 불어 넣는 것도 기술이려니, 부풀어 있는 것들은 다
공갈공갈 꽉 찬 안이 밖으로 부푸는 것, 없는 속을 그 안쪽
까지 속여야 하는 기막힌 기술

강력분 500g 꽃 언저리를 감도는 새털구름과 베이킹파우
더 5g을 믹싱기에 넣고 깔깔한 웃음을 조금씩 흘려가며 반
죽한다 손에 붙지 않을 정도로 말랑말랑해야 만조의 바다처
럼 잘 부푼다 이스트의 농담처럼 바삭바삭한 공갈

거짓말을 모아 믹싱기에 넣으면 말랑한 구름이 될까?

차이나타운에서 공갈빵을 사 먹었다 사행천처럼 긴 줄은
구불구불 도시를 휘감았다 공갈공갈 공갈에 공갈이 꼬리를
물었다 한입 베어 물면 움푹 꺼지는 맛, 먹음직스러운 공갈
그 기술이려니

동글동글, 베어 먹을 수가 없다 주먹으로 팍 치면 푸~숙

거짓임이 증명된다 공갈빵을 든 사람들 일흔 여덟 아흔 아홉, 한 입 베어 문 여름이 거짓말처럼 부풀어 올랐다 발끝까지 실린 몸무게가 시계처럼 똑딱거리며 공갈공갈 산동 공갈빵집을 빠져나온다

한낮의 허기는 면했다 텅 빈 속을 허물어먹고

물방울 다이아

교가도 가물가물한 동창회를 다녀왔다

고향을 지키며 테마관광 뗏목지기로 사는 인석 씨, 한밤
여자 동창들만 살짝 살짝 불러내 뗏목에 태웠다

니들 줄라고 물방울 다이아를 준비했어

온갖 물고기 화석과 그 옛날 죽은 물귀신들 아직도 헤엄
을 치고 안개로 풀어진다는 영월 서강, 장대로 이쪽저쪽 물
밑을 짚으며 혼잣말하듯 이쯤인데, 이쯤인데,

수양버들 사이로 삐딱하게 내리는 달빛도 좋지만, 다이아
가 좋아 나는 눈매 선한 뗏목지기 정선아라리에 장단을 맞
추었던 것인데

막 타오르는 꽃나무들, 수직 절벽을 지나, 반짝반짝 빛나
는 물을 노로 탁, 내리쳤다 흰 다이아 후두둑후두둑 쏟아졌
다 그 옛날 발가벗고 물에 뛰어들던 그 소리로 물이 깨졌다

매달려 반짝이는 저 으스스함,

단단한 것들은 왜 눈동자를 여물게 하는지

이건 경희 꺼, 저건 삼숙이 꺼, 저쪽은 영옥이 꺼, 저기 가
운데 제일 큰 건 준수 니 꺼

물방울처럼 흩어진 다음 날, 내 옷에선 그 옛날 깔깔거리
던 웃음소리가 물방울 다이아처럼 반짝반짝 빛났다

랄리구라스*

독을 겨누었다 침묵하고 있던 랄리구라스, 꽉 조인 발에 온기가 증발해버리는 자유를 꿈꾸었을 때, 돌아오지 못할 여행을 꿈꾸었을 때,

한껏 움츠려 구겨진 신발 같았는데 나는, 그러니까 서늘한 기압골을 뒤뚱거리거나 아장거리는 여행목이었는데 나는, 야크의 편두통이었는데, 높은 숨만 쉬다가 낮은 숨 쉬는 법을 잊은, 딸랑딸랑 귀를 털고 저혈압의 마을을 그리워하다 또 두려워하는 것인데

한때 꽃이었을, 발가락 하나 낀 슬리퍼로 설산을 오르내리는 포터들 발가락 사이로 만년설 녹은 개울이 흐른다 개울은 어느 곳이나 닮았다 얼비치는 메아리를 엮어 옴마니반메홈 옴마니반메홈, 너덜 길에서 만난 룽다**는 내 쪽으로만 기울어 펄럭인다

꽃잎의 폭소, 달의 각도에 따라 달라진다 독을 삼킨 나는, 몇 줄 갈겨쓴 유서를 찢어버리고 돌아서는데 먹먹한 귀 산

위 룽다에 걸어놓은 귀가 파닥파닥 발굽소리를 내며 뛴다

* 네팔의 국화.
** 경전을 적은 깃발.

제2부

타투

그동안 세제의 날들이 없었다는 뜻일까
문신을 지우는 곳이 성업 중이라 한다

애써 마음속에 심었던 꽃,
유독 한 계절이 바뀌지 않고

이끼가 자라는 바위와
벽을 타고 오르는 담쟁이
소나무 허리통을 휘감은 등나무도 타투 중이다

암각화도 동굴벽화도
빗방울 화석도 모두
한 시절을 촘촘히 찔러 음각한 선서 같은 것

줄기식물,
사람들도 팔뚝에 식물을 키우고 싶었던 것이다

하얀 줄무늬 새털구름
물속까지 가지를 뻗은 호랑버들도
따끔따끔 참았던 청춘의 철점이다

문맹

뇌경색을 털고 일어난 동생이 문맹이 되었다

지구의 모든 도서관과
서점들과 서재들이 불탄 듯
몸에서 문자들만 쏙, 빠져나갔다

밀물이 들면서 지워지는 개펄처럼
민들레 텅 빈 씨방처럼

살아온 날들의 앞장과 뒷장이 공백이 되었다
필기구들과도 낯선 관계가 되었다

어쩌면, 동생에게
문명의 먼 과거가 잠시 깃들었을 것이다
조수 간만으로 탁류의 해면이
잠시 상승했을 것이다

자신의 이름과 주소

날아간 문자들을 되찾으려는 듯
백지의 유년을 샅샅이 뒤진다

즐거운 중력

룸비니 광장을 물방울처럼 뛰어다니는 무성한 잎들, 중력의 촉수다 수천의 발들 앞구르기 뒤구르기, 자잘한 바람에도 흐뭇한 즐거운 중력이다 마치 오래전 아버지같이

하늘 위 하늘 아래 위아래가 없었다 아버지의 중력에는, 담쟁이 잎자루에 달린 고드름이 아슬하게 자라는 날들, 어느 날은 아스팔트가 이마에 붙었고, 휘청거린 두 다리가 팔에 실금을 내기도 했다

그림자가 바닥에 누워 있다 오래오래 제 그늘을 깔고 색을 거두어들인다 온갖 색들로 마춰된 꽃들의 뿌리, 휘청거리며 저 먼 곳까지 옮겨다닌다

UP UP 나도 저런 즐거운 중력에 휘둘려보고 싶은데 가끔은, 하늘을 찢어야 위 아래 위 위 아래 위 아래 위위 아래*를 볼 수 있을 텐데, 흔들흔들 달아오른 음률은 네가 만들고 내가 흔들릴 바람이다

맨정신 없는,

뭉뚱그린 춤 같은 무아(無我)의 중력이다

* EXID 〈위아래〉에서 따옴.

구석이 날아갔다

여섯 개의 받아먹는 입과
두 개의 먹이는 입이 세 들어 있다 처마 밑 구석에

삐—잇 삐—잇,
몸을 나온 길들이 새의 몸을 따라간다

나른한 햇살이 범람하고
꾸꾸루꾸 꾸꾸루꾸 노래한다
겨우, 기어이 어여쁜

먹성으로 보아 허리 휘는
날개 뻐근한 가장이겠다

먹이는 잎, 배추밭에 애벌레를 피해 걸었다
지그시 눈 감는 청개구리
젖은 눈빛 사이로
구석이 철거된다는 소문 술렁술렁 콧등을 스치고

흐르는 힘과 나는 힘이 오래 스치었고, 스민

아주 먼 곳까지 흘러갔다 흘러오곤 한다
바람도 저 밖에서 나뭇잎도 저 밖에서 구석을 들여다본다
입들이 웅성거리는

해가 구석을 달군다
조여 있던 하늘이 팽팽하다
하루 한 달, 일 년이 눈꺼풀처럼 닫히고 열리고

마당을 뒹굴던 깃털도 꾸꾸루꾸 꾸꾸루꾸
채송화 백일홍 칸나꽃 사이로 페달을 밟는다

집세는 언감생심
뿌듯한 구석, 먹이고 먹는 일이 하찮은 저 구석에서 벌어
진다
밤낮이 없다 산 11번지

바람은 돌았다 사라지고
잠시 한눈파는 사이 구석이 날아갔다

칠월, 아니면 팔월

어깨 탈구 후유증으로 경락 마사지를 받았다
목을 비틀고 어깻죽지를 사정없이 누르더니

아직, 날개가 접혀 있네요

꽃잠에 들었던 구름 펴졌다 도로 접힌다
꽃들을, 매미의 날개를 오해했다
필생이라는 말을
피어난 다음에라야 반드시 접힌다는 말로
깜박 오해했다

그렇다면 내 어깨쯤에
칠월, 아니면 팔월이 있다는 말
탈피한 매미가 아직 날개를 말리고 있다는 말
몇십 년 동안 말리기만 하고
쫙 펴지지 않은 날개가
이렇게 뻐근하고 결린다는 것

어깨를 누를 때마다

외마디 비명, 아직 마르지도 않았는데
서툰 울음을 내뱉는 내 몸 속에
절기를 돌던 수레국화 꽃잎 반원처럼 돈다

퇴화

퇴화의 흔적이 낫지 않는다 더 이상 진보할 방향 없으니 배짱을 부리는 중이다 등골 오싹한 빛줄기를 지나 꼬리를 추켜세우고 걷는 고양이를 본다

뙤약볕 감자밭을 기다시피 하며 감자꽃을 따던 내 어머니의 중심이었을 것이다 아마도 이 퇴화는, 하늘에 등 보이며 밭일하던

새 잎은 마지막 가지에서 움튼다지만, 맨 처음이 맨 마지막이라지만 퇴화의 흔적을 다독이는 날이 길다

까마득한 쇠퇴를 진화의 알약으로 치료하려 했다 그동안 꼬리를 너무 방치했었다 팔랑거리는 나비를 향해 살랑살랑 흔들어보지 못했고, 힘껏 한번 치켜세워보지도 못했다

내 꼬리의 산물이라면 기껏, 목석에 또 목석을 섞은 사내 하나

아픈 꼬리지만 아직 새 잎을 틔울 가지가 있다는 것, 숨겨 놓은 중심 하나 있다는 것

뇌물의 문장

여름이 몇 곱절 더 엉키겠다

골풀처럼 긴 문장에 쉼표를 찍는다 암컷, 수초가 있는 물 가장자리를 암컷에게 뇌물로 준다는데 실잠자리 수컷은, 짝짓기 때가 되면 화사한 옷처럼 걸려 있다 구름, 그림자 세 시와 네 시 사이에서 한가롭다 나무, 꽃씨가 개미처럼 바닥 을 긴다 까만,

생산적인 뇌물이다

처녀 적 뇌물을 함부로 받았다가 이 모양 이 꼴이 됐다고 아낙 몇 둘러앉아 까르륵댄다

스리슬쩍 넘어가기 위한 것이라면 뇌물, 오고 가는 것들 연결을 위해 돌고 도는 것이라면 빙빙, 잠자리 알, 그 다음 다음 해의 여름으로 연결되고 미욱한 것들 종래에는 붕붕거 리며 날아다니는 일

초록 나무가 물속까지 가지를 뻗었다 능수버들, 닿을 듯

가까운 문장에 사선을 긋고 몇 문장 뒤에 다시 끼워 넣는다

,,,,,,,,,,,,,,,,,,,,,,,,,,,,,,,,,,,,

수초에 알알이 슬어놓은

황반변성

물컵 속 프리지어를 보셨나요?

풍선처럼 부풀어 오른 빨간 해도
생물도감 속 연대를 알 수 없는 척추동물도
물결치고, 굽어 보여요

의사는 두 눈을 감고 엎드려 있으라는 진단을 했습니다

태초 이전의 암흑을
내 조상의 조상
그 조상의 변형 이전을 학습합니다

물컵 속 굽어 있는 프리지어를 보셨나요?

그동안 내 눈을 속인
내 눈길이 너무 잦았다면
엎드려 캄캄한 어둠에서
빛줄기를 따라 오르내렸을 미물의 지느러미에도

용서를 구하라는 명약 처방인 것이지요

빛을 수용한다는 것은 어둠을 인정한다는 것

보이는 눈을 고치는 방법이
안 보이는 일을, 그 까마득한 일을
곰곰이 되짚어 가는 것이지요

공손하게 엎드린 절하는 자세
문장과 문장 사이를 눌러놓은,
그건 필시 어둠에 순응하고 머리 조아리라는
암담한 처방이었겠지요

터널

싱싱한 불빛들이 질주한다
어떤 온기가 저들의 겨드랑이를 설레게 했을까

꽃술재주나방 애벌레가 쌍으로 엎드려 꿈틀댄다
턱을 괴고
달 아래 모든 날개들을 채집하느라 바쁘다

날자 날자 날자,
한 번만 더 날자꾸나*
잠자는 날개에 토닥토닥 봄 햇살을 단장한다

마름모로 기운 산기슭이 새로 배운 봄 밤 하나를 툭,

잠시도 머무르는 창자가 없다

애벌레 뱃속을 지나던 기억을 잘 간수하고 있다
봉긋한 잠 속으로 불빛이 축제처럼 쏟아진다
어느 내륙의 깊숙한 곳을 날고 싶다는 생각

꿈틀,

어디에도 등재되어 있지 않은 나비의 문자를 찾아

* 이상의 「날개」에서 따옴.

열한 번째 발가락

식탁 다리는 뒤뚱거리는 발가락

밥그릇과 국그릇을 잡고 식사를 한다
목각인형처럼 뒤뚱거리는

사고로 엄지발가락을 잃은 태석이, 식탁 앞에 앉아 입언
저리를 훔치며
─사는거 좆도 아니여 발가락 하나가 우주여
하다가도 발톱 깎을 때 하나 덜 깎으니 얼마나 편하고 좋
은지 모른다고

가늘고 긴 손가락을 툭, 건드리자 제라늄 뿌리처럼 걸어
나와 짧고 분명한 빗금처럼 선다 나는 빗금 뒤에 쉼표를 찍
는다

덩굴손 닮은 빛이 관자놀이처럼 팔딱거린다
동그라미 속
길고 짧고, 제라늄 뿌리

뒤뚱거리며 걷는 태석이를 닮았다

빛을 걸어둔 달이 뒤뚱거리며 걷고
태석이가 그 뒤를 따라 걷는다

식탁이, 태석이가 기우뚱거리고
밥그릇은 담보다 높이 자란다
담벼락을 훑고 가는 달빛은 왜 굽어 있을까

밥그릇 밑
열한 번째 발가락이 있다

꽃나무가 중얼거렸다

밖으로 나오니 사월
살구꽃, 재잘재잘 말놀이 중이시다
성큼성큼 묘비로 주소를 전입한 아버지

나는 책망의 눈길로 아버지를 바라보았다 손목시계가 헐
렁한,
아버지는 제라늄 줄기 같은 팔을 뻗어 어딘가를 가자고
가자고 나를 끌었다 마디가 검고 손톱 속 반달이 눈썹처럼
까맸다

가요, 집에 가요
어릴 적 술 취한 아버지를 잡아끌었던 것같이
어디일까 아버지가 가자는 그곳

꽃놀이는 아닐 것이어서
싫어, 싫다니까 눈이 축축해지도록 버텼다
끌고 당기고 버티다 아침까지 온 날

팔이 뻐근하고 목이 돌아가질 않았다

불을 켜봐,
꽃나무들이 꿈 밖으로 나갈 거야

그런 날,
온종일 내 몸에서 결리는 아버지, 끌어도 끌어도 버티던
술 취한 아버지가 이곳저곳에서 욱신거린다

내 몸이 재활용되고 있다

    팔이 잘려나가는 꿈을 꿨다 잠에서 깨니 발가락이 저릿하다 깊은 잠이 내 몸에 부려놓고 간 조각별, 반짝반짝 열다섯 알의 초코베리를 삼키고

    이천 년 전 돌아가신 예수님, 땅이 네게 가시덤불과 엉겅퀴를 낼 것이라* 서기(西紀)는 인간들의 고통이 되었다

    흙이었다 나무였다 공기였다, 세계를 돌아온 바람이 몸 곳곳을 난타한다 거울을 보니 머리카락이 하늘로 솟아 있다

    어제는 가시나무 이파리로 화관을 만들었다 따끔, 등에 꽂힌 햇살 물이었다가 물고기의 비늘이 되기도 하겠다

    저릿한 곳들, 저릿한 곳을 찾아다닌다 그동안 팔 다리 어깨에 빽빽하던 곳들, 올 풀린 뜨개코처럼 환하게 길을 터준다

    몸 곳곳을 차별해왔다 눈이 닿지 않는 곳에 흑색 말들이 무성하게 뛰어놀았다 결리고 당기고 칡순 같은 통증이 목젖

을 타고 흐른다

머리카락 한 올 한 올이 기차를 타고 먼 나라로 가고 난 뒤

새콤하다, 끝물 살구

* 창세기 3장 18절.

제3부

비스듬한 토론

한반도면 신천1리 경로당
붉은 캐시밀론 이불 속에
빽빽이 발 넣고 너나들이 토론회다

앞뒤 뚝 잘라먹은 말들도
급히 걷다가 신발 한 짝 벗겨진 발도
우물우물 자음 모음 한통속인 입속말도 이곳에서는 잘도
통한다

자랑은 자랑끼리 주고받고
흉은 흉끼리 입 맞춘다
그 흔한 여당 야당 대변이 없다
모두 한 이불 속에 발 넣고 있으니
한 양지와 음지를 서로 주고받고
살아왔으니

문밖 신발들도 옹기종기 같다
같은 종류의 털신들
흰 실로 × ○ − / 표시가 되어 있다

이만하면 됐다, 준수

신준수 준수 준수 내 이름 내가 부르면
입 끝에 청량한 물줄기가 흐른다

준수 사항 꼼꼼히 챙기며 왔다
허약한 학적과 못 미치는 기대들도
디딤돌이 되었다
지난 독설
절기를 떠난 꽃과 꽃잎들

지나온 준수보다
방심하지 말아야 할 준수

왜 향기는 흐릿해진 문장들에 더 다정한 것인지

이만하면 됐다는 준수
드문드문 빼먹은 준수
우수수 떨어진 준수

집요하게 끌고 가는 준수,

그 어떤 준수에도 내 성씨 붙이면
그게 곧

신준수

모운동* 이야기

한 권 동화책입니다

이 책은 내외(內外)로 나뉘어졌습니다. 김홍식 손복룡, 배경은 검은 노다지를 캐던 탄광촌입니다. 강원도 영월군 김삿갓면 모운동, 해발 800고지. 망경대산 자락 언어와 말투로 씌어 있습니다. 70년대에는 갱에 딸린 페이지만도 만 페이지 정도였지만, 지금은 겨우 삼십 페이지 분량입니다. 외지인들이 찾아오면 동화 내용은 3부가 됩니다

외(外)편 첫장을 넘깁니다. 흑백 사진이 펼쳐집니다. 2~30년 전 모운동 전성기 때 이야기가 한 페이지 한 페이지 펼쳐집니다. 떨어진 꽃잎을 주워 쉼표를 찍기도 합니다.

─요릿집 있던 자리에 요릿집 만들고 극장 있던 자리에 극장 만들고 그런기 아니래요 당구장 이발소 우체국 병원 이따구 만만에 콩떡이래요 빌거 읍서요 밤이면 아 머리통만 한 별이 우수수 쏟아지는 걸 많은 사람들이 같이 봤으면 하

66

는, 그기래요

　광부의 길을 읽고 관목 덤불로 뒤덮인 인공폭포와 곤도라 이야기를 읽고, 읽고 읽다 보면

　자간을 겅중겅중 넘어 다니는 쉼표들, 투명한 문체들 페이지를 더해 갑니다. 눈을 감았다 뜨는 사이 내(內)편 235쪽을 넘깁니다. 갈피마다 피아노 백일홍 호랑이 아이들 채송화 수레국화 삽화가 마을을 환하게 밝힙니다. 담과 담 사이, 하늘과 땅 사이에서

　요즘은 줄을 잇는다고 합니다. 모운동 이야기책을 대출하려고, 그러니까 이 책은 구름이 정차하는 마을 김홍식 손복룡 내외로 구성된 스스로 사라졌다 맑게 갠 마을 이야기입니다.

　이곳에 잠시 정차한 사람들은 모두 구름 한 장씩을 나누

어 갑니다. 외편이 유쾌하다 내편이 아기자기하다 맑게 갠
이야기를 읽고 읽어섭니다. 집집마다엔 예쁜 꽃들과 이야
기가 새들어오고, 북적거렸던 마을 이야기는 채록된 갱 속
에 가끔 메아리로 고여 있습니다.

* 모운동 : 강원도 김삿갓면 주문리 해발 800m. 1980년대는 광산촌으
로 1만 명이 넘는 주민이 살았다. 마을 이름은 구름이 모이는 마을
이란 의미에서 지어졌다.

9시 뉴스, 일기예보

흩어졌다 모입니다 꽃 언덕을 끌고 가는 양떼 구름, 입 큰 상어가 하늘다람쥐와 악수를 합니다 발랄하게 꼬리를 흔들 때마다 뼈가 녹아 날개가 됩니다 분열된 깃털에서 매캐한 파편들이 배출됩니다 다람쥐, 불끈 종주먹을 쥐자 꼬리가 잿빛으로 염색됩니다 메마른 천인국 같습니다 목이 긴 얼룩점 기린이 다람쥐 꼬리를 물고 늘어집니다 한 방향으로 길게 모여 띠를 이루고 거대한 산맥이 클로즈업됩니다 햇살은 몇 번 문을 두드렸으나 기척이 없습니다 왕성한 식욕을 과시하던 흰수염고래 맑음 맑음 맑음 깡그리 집어 삼킵니다 찡그린 미간들도 불끈,

매캐한 파편들은 다른 곳에서도 배출되고

매화도

바람은 돌았다 사라지고

꽃잎에 묻어나는 바람의 안부에 따라 구역이 나뉜

할멈들은 평생 두 곳의 마을이 있다

태어나 자란 마을과

첩첩 자식들 키워낸 시집이 그렇다

영월군 한반도면 경로당

꾸덕한 손끝마다 알록달록 색종이 들려 있다

몇십 년 같은 토질의 밭을 가꾸었으니

손가락은 같은 풍토로 휘어졌거나

늦가을 갈잎처럼 거칠다

경로당 문화 프로그램 꽃 접는 시간

어느 손에서는 모란이 피고

어느 손에서는 매화가 핀다

피우는 재주 어디 저뿐인가

그 넓고 넓은 논밭 다 피우고,

집안 살림도,

새끼들도 보란 듯이 피워낸 재주인데

고작 꽃 한 송이 피워내는 일은 일도 아니지만

연신 깔깔 서툴다

꽃 피우는 일이
꽃 접는 일과 같아서
뾰족한 별처럼 무더기로 따끔거렸을
꽃 언저리,
모란 매화 장미 튤립
아코디언처럼 겹겹이 피었다 지는
한겨울 경로당
꽃밭인 양
지천으로 봄이다

봄날의 양지

도취,
강원도 산골에서 흔하게 자라는
취나물의 일종인가 했다

새댁일 때는 그 나물이 그 나물
그 모양이 그 모양
봄날, 양지를 뜯어보면
버리는 것이 반도 넘던 그 취나물
도취들,

이름을 갖는다는 것
한 종(種)으로 이 지구에서 살아도 좋다는
때로는 보호도 받을 수 있다는
증명서 같은 것

한때 나도 도취에 도취되어
겨우 명사형 성씨(姓氏) 하나 얻어

그 나물에 그 나물처럼 살고 있지만

내 말투 쌈싸레한
취나물을 닮았다면
나는 여전히 강원도 어느 산골에 도취되어
봄날의 양지로 살고 있다는 뜻

호랑나비

애벌레 몇 마리 데려왔다
뒤뜰 산초나무에서
깨알처럼 웃는 봄 살풋, 날개를 기다린다

초여름 바람이 쌩하니 다녀가는 동안
애벌레, 몇 번 옷을 갈아입더니
앙상한 줄기에 제 허리를 묶는다
상모춤이라도 추려는 것일까
고개를 빙빙 돌린다

　아마도 이맘쯤이면 저 깊은 시베리아 숲과 인도 우타르프
라데시 정글에선 나비들이 가루받이를 할지도 모른다는 생
각

볕 드는 창가 햇살 무더기로 핀다

나비, 너울너울
가족사진에 날개를 접는다

심장이 멎은 지 오래인 아버지 꽃잎 무성한 셔츠 움켜쥐
고 고요하다

발칙하다, 호랑나비 등에 업힌 햇살

마을 풍물놀이에서 상모춤 추던 호랑나비,
꽃길 따라 파닥이던 날개에 균열이 깊다
문병 온 봄에게 이제는 틀렸다고 손사래 치던,

호랑나비, 봄 너울처럼 난다

복권

꿈보다 해몽이라는 말

연달아 꿈에 아버지가 보인다 했다 기일을 며칠 앞두고,
마라톤 선수처럼 가슴에 번호표를 달고 있기도 하고, 수염
없는 하얀 양을 타고 빛줄기를 따라 오르며 살짝 가볍게 웃
고 있었다고 까톡까톡

동생은 꿈 이야기로 SNS를 달궜다 이건 필시 복권 당첨.
육남매의 댓글도 한여름 들장미처럼 뜨거웠다 이번 아버지
기일에는 복권을 제물로 올리자 의견을 모았다 복권은 장남
이 사야 한다고, 아버지 사랑을 독차지했던 막내가 사야 한
다고, 복권 당첨 명당에서 꼭 사야 한다고, 까톡까톡,

며칠 밤낮 메신저는 정오처럼 붉었다 전셋집을 전전하는
동생은 이미 빌딩을 올리기 시작했고, 봉제공장 미싱사로
일하는 동생은 의류업 사장님 꿈을 꾸고, 나는 동유럽 서유
럽을 지나 동남아 아프리카를 몇 바퀴째 돌고돌고

모월 모일, 복권 여섯 장 반듯하게 제기에 올렸다 조율이

시 홍동백서 옆이 더 효험이 있을 것이라고, 어동육서 두동
미서 그 사이가 더 효험이 있을 것이라고, 메와 갱 사이가
좋을 듯하다고, 여기 놓았다 저기 놓았다 꿈속의 숫자가 깃
들기를 바라고 바라면서

매몰

뉴스에서 매몰되고 있는 닭들을 보면서
달걀 프라이를 한다
푸드득거리는 날갯짓 같은 소리가
기름 위에서 퍼진다

주저앉은 모양새다
푸드득, 온몸 떠는 모양새다
소금을 흙 뿌리듯 뿌린다

별식으로 자주 먹는다
그 수량으로 치자면 내 몸은
어마어마한 닭들의 매립지다

눈 코 입 없다고
생물이 아니라고 여겼다
대수롭지 않게 여겼다

그 달걀,

하나 식탁에 올려놓으니

살아서 굴러간다

또르르,

연꽃 피는 다랑이

　퇴직한 노년이 소일하는 연꽃 피는 다랑이가 있는데 홍련 백련 개연 수련 가시연이 계단을 이루는데

　때까치 꽁지마다 대롱대롱 매달린 연꽃 향도 좋지만 외팔이 사내처럼 우뚝 선 상수리 갈참 텁텁함도 좋지만 납작하게 엎드린 내리논의 나른한 온기가 좋아 독을 품은 고운 색들이 눈을 찌르거나 말거나

　눈매 선한 노년을 따라 연잎도 따고 연밥도 씹어보곤 하는 것인데, 부릅뜬 눈 으르렁대던 이빨도 연밥 속살처럼 말랑말랑해져 낮게 내려앉은 새털구름 솔기를 슬쩍 당겨보는 것인데

　수련 꽃잎에 깃든 별빛에 눈을 헹구다가 나도 잘 익은 밥알이 될 수 있으려나

　이파리 없는 붉은 해를 따라 돌다가 햇감자처럼 부슬부슬한 구름 몇 잎 다관에 넣고 한 사흘 푹 우려 뾰족구두 신지

않은 벗들과 수련(修練) 중인 별빛도 불러내 다관 탈탈 털어

잔을 기울이고 싶은

청주 상당산성 동문 넘어 연꽃 피는 다랑이

봄을 표절하다

누가 눈을 잘라 화병에 꽂았을까

창 너머 격자무늬로 흔들리는 산수유
기우뚱대는 네발나비 발톱에 봄이 의지해 있다

꽃잎 서먹하게 열리는 날이면
문헌처럼 덤덤하게 목련화를 불렀던 당신
나는,
당신을 채집하느라 봄의 운율로 흔들렸던 날이 길다

통증은 잠결 속에서도 달팽이관에
우ー웅 잠들고

호칭 다음에 오는 느낌표에 오래 기대어본다는 것, 봄날
눈이 잘리는 일

나는 늘어선 꽃나무에서 봄을 표절했다
산모롱이에 얼비치는 진달래 치마*를 표절했고,

꽃잎에 수천 톤 욕망**을 표절했다

목련나무는 예정된 침묵을 표절했고
나는,
지난가을 나무가 버리고 간 휘파람을 표절한다

* 이대흠, 『귀가 서럽다』에서 따옴.
** 박진성, 『식물의 밤』에서 따옴.

씨, 혹은 시

늘 시집을 들고 다니는 나에게
중학생 소현이가 묻는다
－선생님은 시가 좋아요?

웃으며 돌아서는데

초등학교 1학년 지인이가 묻는다
－선생님은 무슨 씨가 좋아요?

시를 씨라고 알고 있는 지인
그러고 보면 한 권 시집이란
꽃 피고 지는 씨가 맺힌
한 권의 나무 같다

희던 종이가 누렇게 바랠 때쯤이면
시, 씨들도 여물어간다
시나, 씨들에게도 골똘하던 밤이 있었다는 것
그 골똘하고 단단하던 시, 씨들이

때가 되면 저절로 벌어지고
또 싹이 난다는 것을
차마 몰랐다는 것,

—지인이는 어떤 씨가 좋은데 되묻자
—장미 씨가 예쁠 것 같아요, 본 적은 없지만
지인이 손을 잡고 울타리를 돌다
쭈글쭈글 매달린 장미 씨 덩이를 잘랐다
—선생님, 그냥 해바라기 씨 좋아할래요

장미 씨, 시는 너무 복잡해요

선생님이 좋아하는 씨는 무슨 맛이 나느냐고
해바라기 씨를 까먹으며 또 묻는다

음, 울컥하는 맛!

제4부

도서관에서

  자료실에 앉아 있다 소리는 모두 증발했다 정오는 **빽빽한** 나무숲에서 곤히 잠들어 있다 나는 물이 오른 「붉은 담장의 커브」*를 점프한다 팔을 뻗자 손가락들이 잘려 나간다 태양은 붉은 수면 위를 절기처럼 횡단한다 봄이 한 장씩 날아가고 덜 자란 아지랑이는 아직 짧다 몽롱한 간지럼이 몸에 가득하다 정수리를 쪼아대는 서늘한 시선이 페이지마다 꽂힌다 창밖 별목련을 찡그린 눈으로 다독인다

  * 이수명 시집, 『붉은 담장의 커브』

손톱달

달에 손톱을 대본다

하현달 상현달 떠 있다, 양쪽 엄지에

옛적에 달을 좋아하는 공주가 있었다
임금님은 손톱만 한 초승달 브로치를 만들어주었다는,

상현달 뜰 때 하현달 자르고
하현달 되어 또 손톱을 자른다
서로 굽은 등을 보지 못했으므로
어쩌다 웃자란 달 속도는 검은 먹구름이거나 불편한 길이
가 된다

손톱의 속도란 한 달을 주기로 웃자라는 각질의 시간

나는 하현달로 밥을 먹고
상현달로 꽃씨를 심는다
구름 한 자락이 꽃 언덕을 끌고 간다

몇억 년을 걸어와 습관처럼 떠돌다 바람처럼 눕는

등은 꼭 상현과 하현
그 중간을 택해 가렵다
시원하게 긁다 보면 달이 궤도를 따라 붉게 지나간 자국
보인다

박각시나방

시끌벅적한 체급이다 여름이고, 달빛은 흐뭇하고 보란 듯
흐뭇하고 달맞이꽃이 피었다

내 재간으로는 당할 수 없는 날갯짓, 잠시 경쾌한 음악이
난달을 다녀간다 변하지 않는 식성 낙후된 입질일까. 소출
은 각시의 소관, 고여 있던 달빛 폭포처럼 수런댄다 정지 비
행이다 말랑말랑한 향기

몇 겹 바람이 울고 아침이 찰랑대면 방향감을 다 쓴 각시,
어둠이 벌어지자 달이 나왔다 달의 껍질은 어둠이고 꽃이고
씨앗이다 중얼거리는 각시의 입에서 자잘한 달의 씨앗들 여
물어간다

쥐방울 덩굴

아이가 구름을 뜯어 풍선을 분다 나는 절기 밖에서 해바
라기 꽃씨를 까먹으며 행성처럼 둥근 방울 소리를 듣는다

씨라고 했다 허공을 나는 낙화산 같다 정오가 쏟아졌고,
고양이 목에 달린 방울을 탐내듯 뽕나무에는 쥐방울 덤불이
무성했다 혈통을 품고 있다는 소문 가득했다 귓속말은 이
귀에서 저 귀로 두둥실 떠올랐다 나는 까마귀오줌통, 거꾸
로 낙하산이라고 중얼거렸다

잘 흔들려야 실속 있을까?

불협화음으로 흔들리는 것들
규칙은 없지만 규칙 같다 가벼웠고,
다행히 낯설었고

바람 호되게 불고, 방울들 도리질할 때마다, 찰랑찰랑
까마귀오줌통, 염원을 따라 나선다

새순 보일러

보일러 관을 교체하려고
바닥을 뜯었다
이파리 다 떨어진 넝쿨 가지런하다

봄바람이 도는 거다
가지마다 미지근한 발들 돌아다니고
무지개 뜨는 날의 간격도 좁아졌다
싸락눈이 아주 멀거나 가까운 곳을 다녀오는 동안
돋아나는 새순들,
윙윙거리는 보일러의 눈금이 되는 거다

한 번 피우면 새는 일 없이
순환하는 넝쿨들,
빼꼼하게 삐져나온 달빛에 나선형으로 감긴다

봄이면 미지근한 줄기들을 따라
파란 물 끓이는 다래 덤불에

달착지근, 온수들 가득하다

연한 살을 따 먹는 곤줄박이
구불구불 가지를 감고
개어놓은 그늘 이불은 한동안 펼칠 일 없다는 거다
이리저리 햇살에 뒤척여도 좋다는 거다

쥘부채

접힌다는 것

모음처럼 꽃다지 씨앗 여물어가는 날
쥘부채를 선물받았다
먹물 자국 바랜 질감처럼 촘촘하다
살짝 들추자 별똥별을 건너온 바람이 성큼성큼 자란다

호로록 포로록
접었다 펼 때마다
검은지빠귀 햇볕 데리고 노는 소리 돋아났다 사라진다
접으면 자음 모음 켜켜이 포개고
숨죽인 호흡들,
없는 새 등덜미에 없는 깃털을 얹어준다

거듭거듭 접는다는 것
열매 잃은 나무처럼 싸늘하게 말라가는 것이어서
그러다 문득,

마음은 접는 것이 아니지

핑그르 돈다
시차를 두고 훌쩍이는 꽃이 훌쩍이는 꽃을 다독인다
다정한 말은 너무 멀리 있고
나는 몹시 쿨럭거렸고
지금은 봄,

포도송이 쿠폰

한의원을 다녀왔다
거북목이 주범이란다
종종 등짝에 탐스러운 포도송이를 부려놓고 가는

내가 꾸지 않은 꿈이 나를 멀리서 바라보며 근심하는 것
도

부풀어 펄럭이는 등
배달 음식점에서 받은 포도송이 쿠폰 스티커 판 같다

맵시를 박차고 도달한 결림은
햇살이 서쪽으로 방향을 돌려 등에 꽂힌 흔적이다

시든 우엉 꽃잎처럼 멀어지는
어떤 체위들이 더 이상의 동작을 닫고 잠적한 계절
그래서 한 몇십 년 사용한 미닫이 문짝같이
자주 결리거나 뻐근한 그곳을 열어젖힌 자국

저 쿠폰 빈자리마다

턱 턱 걸리거나 뻐근한 곳들이었다
그러니까 저 빈자리 다 채우면 또 며칠은
체위들의 반경 늘어날 것이고
몸 곳곳에 포도송이 스티커처럼
포도가 익을 철

나는 모로 누워
포도가 더 오래 싱싱하다는 것이 공포다

꽃 솎아내기

언제 저곳에
지지 않는 봄이 생겼을까
밤마다 배나무들 갸우뚱,

배꽃 넘치고
몇 명의 여자들 꽃 솎아낸다
꽃을 남기고 꽃을 버리는
쌀쌀한 호사
원래 배밭은 저쪽
베르디움 아파트 단지까지 이어져 있었다
한적한 교외에 들어선
저 화려한 창문들마다
배꽃들 북적거리며 달려들었지만
꽃 핀다고 다 열매 되는 것 아니듯
배꽃들, 다 창문이 되는 것 아니어서
늦봄이 이른 봄을 달래고
빽빽하던 꽃송이들

실평수 늘어난 듯 헐렁하다

봄, 건너편 넓은 평수에 드문드문 꽃들이 핀다
겹겹으로,
창문들 흰 달빛을 사들이느라 바쁘다

지금은 꽃 피기 딱 좋은 저녁 7시

꽃의 후렴들

아침이면 민들레꽃이 내 쪽으로 구부러져 있다
바람은 때때로 역방향으로 흐르고
팔만칠천육백오십네 송이 문장 절정이다
파르르 눈꺼풀처럼 왼쪽으로 기울어진 꽃잎

소풍가는 아이들처럼 소란스러운 세광로 114번길
바람은 날마다 다른 페이지로 열리고
나는 왜 자꾸 발자국 소리에 귀가 쫑긋해질까

소란스러움마저 문장이 되는 저 역설

 꼿꼿하게 역설을 견디는 재주는 어느 공력의 끄트머리쯤
될까

 만질라치면 복음처럼 흩어지는
 꽃의 후렴들

자지감자

　―자지감재즘 머거바라 이 머이 귀한 기라구 작녀내 웃말 기와집 댁내가 한 바가지 주는 걸 잘 간수했다가 봄에 마늘 밭 모서리에 미꼬랑 꾹꾹 꼬저노쿠 거들떠보지두 안타가 장 마가 온다고 해 혹시나 하는 맘에 알이나 배쓸까 싶어 캐봐 뜨만 언나 주먹만 한 기 따그르르 들었지 무냐 농사는 주인 발소리 듣고 자란다고는 하는데 그러치두 아는 모양인기라 아이고 을매나 대긴스럽고 고맙든지 내 하늘에 대고 합장을 을매나 했는지 짜롬한 건 씨양울라구 두구 굵다 만 건 느덜 오믄 한 바가지씩 줄라구 그뚜 귀한 기라구. 쩌 머거보이 다 른 감재처럼 푸실푸실 안쿠 쫀득하니 목이 안 메 조트라 민 에서 나오는 감재씨는 식당용이라 뚜걱뚜걱하니 니 맛또 내 맛또 아닌기라

　단비가 땅을 적십니다
　생땅 냄새 물큰,
　봉인을 풀듯 엄마 젖내가 훅 끼쳐 옵니다
　세상의 모든 모녀(母女)는 합장(合掌)한 손 같습니다

미숫가루 폭탄
― 할머니가 들려주는 폭탄 이야기

연평해전 영화를 보았다
휴가철이라 6남매가 모였다
짝꿍들에 아들 딸까지 읍내 영화관이
꽉 차도록 나란히나란히 앉았다
오래전 돌아가신 할머니를 기억하면서

할머니는
밥그릇에 밥풀을 남기거나 흘리면
피난 시절 배곯던 이야기를 하시곤 했다
총알이 눈앞에서 날고
폭탄 터지는 앞에서도
길에 떨어져 있는 벼이삭을 주웠고
팥알 콩알을 주웠다는

폭탄을 본 적 없고
폭탄 터지는 걸 본 적도 없는 우리는
할머니의 폭탄 이야기가 시작되면
귀를 막고 딴청을 부리곤 했다

어느 날 막내 동생이

−폭탄이 뭐예요?

마침 방학이라 이웃에 사는 사촌들까지
10여 명은 족히 모였다
할머니는 미숫가루를 한 대접 떠 오셨다
먹고 싶은 만큼 실컷 먹으라고 하셨다
마냥 신이 나서 너 나 할 것 없이 미숫가루를
입에 마구 퍼 넣었다
물 한 모금 없이 아무리 삼키려고 해도
입천장 혀 목젖에 쩍 달라붙어 넘어가지 않았다
숨도 쉬지 못하고 캑캑거리기 시작했다
푸하하 웃음이 터지고
미숫가루가 입에서 튀어나왔다
나비 같고, 꽃 같고, 새 같았다
미숫가루는 얼굴로 귀로 눈두덩까지 덮었고
사방은 아수라장이 되었다

10여 명이 서로 푸푸거려댔으니
누가 누군지 알아볼 수도 없었다
서로 얼굴을 쳐다보며 깔깔댔다
배를 잡고 뒹굴었다
머리카락이 푸세푸세 억새꽃처럼 흔들렸다
콧날이 피잉 울 때까지 울다 웃다
얼마쯤 지났을까

—이게 폭탄이니라

새들은 디딤디딤 노래 불렀다

꽃과 식물에 대한 묘사와 상상력

공광규

1.

아마 동양 시문학사에서 전통적으로 자연 대상을 읊은 시들, 그 가운데 화조풍월을 제재로 한 시들이 가장 많을 것이다. 꽃과 새와 바람과 달. 이것은 자연을 대신하는 말이다. 농경 중심 사회에서 사람의 마음을 움직여 서정적 충동을 일으키는 데는 화조풍월이 최고였을 것이다. 예부터 시를 공부하면 초목(草木)을 많이 알게 한다고 하였다. 아마 선배 시인들이 우리 살림살이와 가까운 자연이나 자연 현상에서 시의 제재를 가져다가 시를 많이 썼기 때문일 것이다.

꽃과 식물에 대한 공부를 많이 해서 꽃과 식물에 대한 지식과 이해가 풍부한 신준수는 모든 시의 재료를 채취한 뒤 가능한 꽃과 식물로 변용한다. 그러니까 꽃과 식물은 신준수의 식물성에 가까운 세계관을 대변하는 객관적 상관물인 것이다. 또 그의 시에 등

장하는 인물이나 고전 제재, 웃음을 주는 서사와 구성, 발랄하고 청신한 어법의 배경에도 꽃과 식물이 있다. 모든 사물과 사건을 꽃과 식물로 치환해서 보여주려는 노력과 진술 방식은 신준수만의 특기이자 개성이라고 할 수 있다.

2.

시집의 첫 시는 「애기똥풀」이다. 물론 노란 꽃을 피우는 식물이다. 건강한 아이의 똥 색깔이다. 여기서 식물의 이름을 가져왔을 것이다. 사람들이 모여 사는 동네와 들판, 산, 어디서나 볼 수 있고, 심지어 비슷한 기후의 해외에서도 볼 수 있는 풀이다. 잎과 줄기는 녹색이지만 줄기 속이 비어 있고, 상처를 내면 짙은 노란 액즙이 나와 종이나 바위, 살갗에 글씨를 써도 될 만큼 색깔이 짙다.

시골이 고향인 필자는 어려서 애기똥풀을 꺾어 그림을 그리며 놀았던 기억이 있다. 애기똥풀은 위장염 등 한약재로 쓴다고 하는데, 가꾸지 않아도 번성하고 좀 어둡고 습한 곳에서도 잘 자라고 진액이 옷이나 살갗에 잘 묻어 친근하게 지내고 싶은 풀은 아니다. 시에서 화자는 "꽃을 보았어 똥 누고 싶은 것 노랗게 참고 있는, 곧추선 대궁이 초록 목책 울타리처럼 싱싱했어"라고 애기똥풀의 외형적 특성을 묘사한다.

앉은부채라는 풀이 있다. 산에서 자라는데, 부채 모양이다. 어쩌면 앉아 있는 좌불 모양, 부처 모양에 더 가까울 수도 있겠다는 생각을 해봤다. 부처가 부채로 잘못 사용되면서 굳어진 걸까? 잎은 나물로 먹는다지만 필자는 먹어본 적이 없다. 한방에서 줄기와

잎을 구토제, 진정제, 이뇨제로 쓴다고 한다. 이런 식물학적 특성을 가진 앉은부채를 시인은 어떻게 묘사했을까?

　　나발을 닮은 꽃들은
　　왜 화색 가득한 바람을 묻히고 다니는 걸까,

　　좌불처럼 앉아 있다, 귀 없는 꽃
　　기운이 치밀면 사원으로 곤충을 초대한다는 말을 믿어보기
　로 한다

　　독경이 흐르는 쪽으로 달팽이관은 돌고
　　두고 온, 화촉동방을 기억하는 어느 수도자처럼
　　난 기울어진 사랑에 불 꺼진 꽃을 걸어둔다
　　　　　　　　　　　　　　　　　　　　　　　　　　　—「앉은부채」 부분

　시 「앉은부채」에서는 상상력과 결합된 시인의 사물에 대한 묘사력이 온전히 발휘된다. 불교적 상상의 시다. 시인의 묘사에 따르면 원래 이름이 '앉은부처'인지도 모르겠다. 아무튼 외형은 나발을 닮았다. 좌불처럼 산에 앉아 있다. 귀는 없다. 꽃이 피고 향기가 있으니 당연히 곤충이 찾아올 것이다. 왠지 달팽이관을 닮기도 했다. 달팽이관을 독경이 흐르는 산사 쪽으로 기울이고 있는지도 모른다. 아니다. 앉은부채는 "몇백 년 절터였는지도 모를 산기슭에/차갑게 타오르는 불꽃"이다. 산기슭 폐허가 된 절에서 촘촘한 꽃으로 살아나는 부처. 어딘가 모르게 윤회의 상상력이 느껴진다.

　시 「타투」 역시 묘사의 절창이다. 이런 구절, "이끼가 자라는 바위와/벽을 타고 오르는 담쟁이/소나무 허리통을 휘감은 등나무도

타투 중이다"라는 묘사가 압권이다. 신준수의 상상력은 "암각화도 동굴벽화도/빗방울 화석도 모두/한 시절을 촘촘히 찔러 음각한 선 서 같은 것"으로까지 진전된다. 그런데 "줄기식물,/사람들도 팔뚝 에 식물을 키우고 싶었던 것이"라니. 당연히 「타투」는 신준수의 묘 사 실력과 상상력이 여실히 드러나는 시편이다.

신준수의 시에는 무성한 잎들이 "룸비니 광장을 물방울처럼 뛰 어다니"(「즐거운 중력」)며 "꽃술재주나방 애벌레가 쌍으로 엎드려 꿈 틀"(「터널」)대고 있다. 애벌레 몇 마리가 "뒤뜰 산초나무에서/깨알처 럼 웃는 봄"(「호랑나비」)에 대한 묘사와 "봄이면 미지근한 줄기들을 따라/파란 물 끓이는 다래 덤불에/달착지근, 온수들 가득하다"(「새 순 보일러」)는 놀라운 상상력이 감동을 준다.

3.

인류는 시를 왜 발명했을까? 단순한 사물이나 사건을 묘사하고 표현하기 위해 발명한 것은 아닐 것이다. 사물이나 사건을 통해 사람을 설명하기 위해서일 것이다. 사람과 사람 사이 소통을 위해 서였을 것이다. 일차적 언어로 설명이나 소통하는 것이 아니라, 이차적 언어로 설명과 소통하기 위해 발명한 것이 시일 것이다. 이차적 언어, 이것이 서정적 언어다. 신준수 역시 단순히 꽃이나 식물을 묘사하려고 시를 쓰는 것은 아니다. 꽃과 식물을 통해 사 람을 얘기하고, 사람의 사건과 사유를 꽃과 식물로 얘기하면서 서 정적 소통을 하고 싶은 것이다. 그래서 신준수는 시적 대상인 꽃 이나 식물을 묘사하는 것에 머물지 않는다. 꽃을 통해 인간을 설명하고 인간과 소통한다.

　　퇴직한 노년이 소일하는 연꽃 피는 다랑이가 있는데 홍련
백련 개연 수련 가시연이 계단을 이루는데

　　때까치 꽁지마다 대롱대롱 매달린 연꽃 향도 좋지만 외팔이
사내처럼 우뚝 선 상수리 갈참 텁텁함도 좋지만 납작하게 엎드
린 내리논의 나른한 온기가 좋아 독을 품은 고운 색들이 눈을
찌르거나 말거나

　　눈매 선한 노년을 따라 연잎도 따고 연밥도 씹어보곤 하는
것인데, 부릅뜬 눈 으르렁대던 이빨도 연밥 속살처럼 말랑말랑
해져 낮게 내려앉은 새털구름 솔기를 슬쩍 당겨보는 것인데

　　수련 꽃잎에 깃든 별빛에 눈을 헹구다가 나도 잘 익은 밥알
이 될 수 있으려나

　　이파리 없는 붉은 해를 따라 돌다가 햇감자처럼 부슬부슬한
구름 몇 잎 다관에 넣고 한 사흘 푹 우려 뾰족구두 신지 않은
벗들과 수련(修練) 중인 별빛도 불러내 다관 탈탈 털어 잔을 기
울이고 싶은

　　청주 상당산성 동문 넘어 연꽃 피는 다랑이
　　　　　　　　　　　　　　　　　　　— 「연꽃 피는 다랑이」 전문

　　신준수의 편안한 식물성의 성품을 반영하는 인간관과 꽃과 식
물의 상상력을 보여주는 시다. "퇴직한 노년", "소일", "다랑이", "나

른한 온기", "눈매 선한 노년", "뾰족구두 신지 않은 벗"이 은유하는 소박함, 홍련 백련 개연 수련 가시연 등 다양한 연꽃이 주는 맑고 깨끗함, 반복되는 연잎 연꽃 연밥 등의 호명이 시를 풍만하게 한다. 소박하고 자족한 삶의 기표들이 연꽃 어휘들을 중심으로 열거되어 시인의 맑고 깨끗한 삶을 암시한다.

   4.

   신준수는 꽃을 통해 과거의 인물을 소환한다. 꽃이 과거나 현재의 인물을 떠올리게 하는 매개물인 것이다. 과거 사건과 함께 있었던 꽃이나 계절이 서로 기억을 보완하고 연관시켜 당시 사건을 환기시켜주는 것이다. 시는 어쩌면 사건과 사물을 통해 과거를 다시 경험하게 하는, 그래서 삶을 다양하고 풍부하고 두텁게 해주는 예술 양식일지도 모른다.
   "꽃잎의 폭소"(「랄리구라스」)를 발명한 신준수는 살구꽃을 보고 돌아가신 아버지를 환기한다. 꽃의 말을 듣는다. 화자를 통해 시 「꽃나무가 중얼거렸다」에서 살구꽃 목소리를 듣는다. 살구꽃들이 말놀이 중이라고 한다. "묘비로 주소를 전입"했다며 아버지의 죽음을 비유한다. 그것도 성큼성큼 아버지가 주소를 전입했다니, 화자는 성큼성큼 저세상으로 일찍 걸어간 아버지를 책망한다.
   꽃을 통해 어려서 죽은 친구를 소환하기도 한다. 시 「이종배」가 그렇다. 화자의 시골 친구이자 시의 주인공인 종배는 어려서 죽었다. 종배가 종이배를 띄우고 주로 놀던 강에서였다. 겨울이면서 아직 봄이 오지 않은, 그래서 얼음이 막 풀려가는 계절에 강에서 놀다 얼음이 깨져 죽은 것이다. 종배는 엄마가 없었다. 초등학교 음악과 국어 교과서를 찢어서 종이배를 띄우며 놀던 살짝 모자란 종배. 그래서 선생님 야단도 살짝 모자라게 듣고, 눈물도 살짝 모자라게 흘렸던 친구다.

이런 종배가 죽은 때가 봄이 살짝 덜 온, 모자란 봄, 이른 봄이었을 것이다. 그때는 봄에 가장 먼저 피는 산수유가 피고 살구꽃은 피우려고 막 '깨금발'을 할 때다.

무지개는 산수유꽃 뒤에 피었고, 살구꽃은 깨금발을 하고
월요일 앞에 왔다 덩달아 종배도 뭉클 피가 돌았다 여울물소리
약으로 듣던 봄이었다

—「이종배」 부분

봄이 되자, 얼음이 풀리고, 종배는 강 아래쪽에서 죽은 채 발견되었다. 종배가 시체로 발견된 곳은 종배가 띄워 보낸 종이배들이 가라앉은 곳이었다. 이미 죽음의 장소에 띄워 보낸 종이배와 종배가 죽어서 가라앉은 장소가 일치하면서 무속적 상상력을 불러일으킨다. 사람이 죽으면 배를 타고 저승으로 가며, 물에 빠져 죽은 사람의 영혼을 건지는 의식도 배를 사용한다. 배는 이승과 저승을 연결하는 매개이다. 사람 종배와 종이배도 뉘앙스가 비슷하다. 실제 사건일 수도 있고 허구일 수도 있겠다. 아니면 실제 반 허구 반 경험의 재구성일까?

시 「매화도」는 경로당 문화 프로그램에서 꽃 접기를 하는 할머니들의 풍경화다. 수십 년 같은 토질의 밭을 가꾸느라 휘어진 손가락이 "늦가을 갈잎처럼 거칠다"는 비유와 "할멈들은 평생 두 곳

의 마을이 있다/태어나 자란 마을과/첩첩 자식들 키워낸 시집이
그렇다"는 발견이 새롭다. 시 「문맹」에서는 "뇌경색을 털고 일어"
나 문맹이 된 동생을 "민들레 텅 빈 씨방"으로 비유한다. 문장 곳곳
에서 만나는 발견과 적절한 비유가 졸깃한 시 읽는 맛을 준다.

5.

옛것을 좋아하는 것을 호고(好古)라고 한다. 공자는 옛것을 좋아
해서 성인이 되었다. 옛것을 좋아해서 대학자가 된 다산은 '낙선호
고(樂善好古, 착한 일을 좋아하고 옛것을 좋아한다)'라는 자찬묘지명을 썼
다고 한다. 옛것을 좋아하지 않는 문인이나 학자는 없었던 것 같
다. 옛것은 문장을 깊게 한다. 옛것은 학문이나 문장을 하는 사람
이 길을 잃을 때 방향을 보게 하는 북극성과 같은 것이다.

시 「형제목욕탕 1」에서 "글자들도 오래되면/때를 불리고 벗겨주
어야 하는구나/갈수록 흐릿해지는 글자들,/…(중략)…/저, 몸들/어
떤 문자의 해체본 같다/때를 밀고 옷 갖춰 입으면/오래전 말투들
이 줄줄 새어나오는/옛말 교본쯤 되겠다"는 신준수의 시에 고전
제재나 상상력의 시편이 몇 개 보인다. 「탁본」 「성안길」 「쥘부채」 같
은 시들이다. 옛것을 좋아하는 시인의 호고 취향의 마음을 담담하
고 안정된 문장으로 진술한다.

고인쇄박물관에서
직지심경 탁본을 떴다
마중 들어간 한지가

문자들을 모시고 나올 때까지
두드리고 문지르는 마중
몇백 년 숨어 들어간 것이
고작 손가락 한 마디도 안 되는 거리

저 문자들 날마다
신발 끈을 묶었을 것이다
오랜 세월 바깥으로 나오려고
비와 바람의 기운으로
밤낮으로 걸었을 것이다

—「탁본」부분

　화자가 탁본 체험을 하면서 발상한 시다. 탁본을 뜨면서 한지가 마중 들어가는 깊이가 손가락 한 마디도 안 된다는 것에서 시가 시작된다. 몇백 년과 손가락 한 마디를 비교한다. 극대/극소 대비다. 문자들이 인쇄되어 밖에 나와 읽히려고 "날마다/신발 끈을 묶었을 것이"라는 상상이 백미다. 탁본을 하다 보면 문자들은 언젠가 닳아 없어질 것이다.

　서술형 어미가 '있소' '건들거리오' '들리오'로 끝나는 「성안길」은 1930년대 시인 이상이 시에서 사용하던 어법을 빌렸다. 어법만 빌렸지, 화자가 돌아보는 성안길 행로, 즉 가볍게 소면과 만두를 먹고 성안을 걷는, 철당간 돌아 압각수가 보이고 무성한 은행나무가 있는 성안은 신준수 시인이 경험한 현재, 현대 도시일 것이다.

　시 「쥘부채」에서 화자는 "모음처럼 꽃다지 씨앗 여물어가는 날/쥘부채를 선물받"는다. 부채를 "살짝 들추자 별똥별을 건너온 바람이 성큼성큼 자란다"는 상상력. 부채를 "접었다 펼 때마다" "호로록 포로록" "검은지빠귀 햇볕 데리고 노는 소리 돌아났다 사라진다"는 청각과 시각과 촉각을 공명시키는 상상이 압권이다.

   6.

   시에서 재미와 웃음은 오래된 전통 창작 방식 가운데 하나다. 재미가 없다면, 웃음이 없다면 이미 시라는 예술 양식은 지상에서 없어졌을지 모른다. 청신하고 발랄한 상상력은 시 읽는 재미를 준다. 구성의 반전이나 성적 뉘앙스와 어휘, 낯선 방언은 독자에게 뜻하지 않은 호기심과 웃음을 준다.
   신준수의 몇 편의 시에서 우리는 재미와 웃음을 찾아볼 수 있다. 「물방울 다이아」, 「열한 번째 발가락」, 「구석이 날아갔다」와 「미숫가루 폭탄」이나 「자지감자」 같은 시들이다. 「물방울 다이아」는 물방울처럼 다이아처럼 청신하고 발랄한 어법이다. 시를 읽고 나면 마음이 청량해진다. 반짝반짝 빛나는 물방울 다이아를 온몸에 장식하고 깔깔거리며 웃는 기분이다.

     막 타오르는 꽃나무들, 수직 절벽을 지나, 반짝반짝 빛나는
     물을 노로 탁, 내리쳤다 흰 다이아 후두둑후두둑 쏟아졌다 그
     옛날 발가벗고 물에 뛰어들던 그 소리로 물이 깨졌다
                                        ―「물방울 다이아」 부분

「열한 번째 발가락」에서 보여주는 3중의 연쇄적 비유가 재미있

다. 시인의 입체적 다각적 진술 기량을 불 수 있는 시다. "식탁 다리는 뒤뚱거리는 발가락"에서 "사고로 엄지발가락을 잃은 태석이"로 이동된다. 길고 짧은 "제라늄 뿌리"가 태석이를 닮았다고 한다. 식탁(무생물)–태석이(인간)–제라늄(식물), 속성이 다른 이 세 개의 사물이 뒤뚱거리거나, 엄지발가락이 없는 것, 뿌리가 길고 짧은 결핍의 유사성 원리로 비유되고 있다.

「구석이 날아갔다」는 의성어를 활달하면서도 적절하게 활용한 사례이다. "삐–잇 삐–잇"이라든가, "꾸꾸루꾸 꾸꾸루꾸 노래한다"라는가, "마당을 뒹굴던 깃털도 꾸꾸루꾸 꾸꾸루꾸/채송화 백일홍 칸나꽃 사이로 페달을 밟는다"고 한다. 청신한 어법과 밝은 의성어가 시를 쾌적하게 한다.

시 「자지감자」는 '자주감자'(필자 주: 자주색 감자)의 방언을 활용한 것이다. 방언으로 비틀어 남성 성기를 언급하면서 웃음을 준다. 희언이다. 시인이 직접 말하기는 그렇고, 방언을 사용하는 어머니의 입을 빌려 서사를 끌고 간다. "단비가 땅을 적십니다/생땅 냄새 물큰,/봉인을 풀듯 엄마 젖내가 훅 끼쳐 옵니다/세상 모든 모녀는 합장한 손 같습니다"는 발견이 이채롭다.

> 푸하하 웃음이 터지고
> 미숫가루가 입에서 튀어나왔다
> 나비 같고, 꽃 같고, 새 같았다
> 미숫가루는 얼굴로 귀로 눈두덩까지 덮었고
> 사방은 아수라장이 되었다
>
> ―「미숫가루 폭탄」 부분

인용한 시는 가족들이 모여서 할머니가 내온 미숫가루를 입에 퍼 넣으면서 일어나는 일화다. 화자의 할머니가 돌아가신 오랜 후 6남매가 모여 〈연평해전〉 영화를 보며 할머니와의 일화를 기억하는 형식이다. 할머니는 전쟁을 경험한 세대다. 전쟁을 경험하지 못한 세대가 폭탄이 뭐냐고 묻는다. 할머니가 떠 온 미숫가루를 먹다가 목이 말라서 캑캑거리는 사람들. 실제 폭탄을 경험한 전쟁 세대의 할머니는 후손들에게 미숫가루로 대체하여 보여준다. 유머다. 식구들이 벌이는 웃음폭탄이다.

7.

꽃에 시간성을 부여하여 "꽃씨 날고 담채화 같은 계절"(『억지로 보는 거울』)이라고 하거나 "해바라기 꽃씨를 까먹으며 행성처럼 둥근 방울 소리를 듣는다"(『쥐방울 덩굴』)는 광대한 상상력을 펼치는 신준수는 모든 사물이나 사건을 꽃이나 식물로 치환하는 연금술사다. "만질라치면 복음처럼 흩어지는/꽃의 후렴들"(『꽃의 후렴들』)이라거나 "시든 우엉 꽃잎처럼 멀어지는/어떤 체위"(『포도송이 쿠폰』)라니. 얼마나 풍만하고 행복한 상상력을 우리에게 가져다주는가!

그의 시를 읽으면 꽃길을 걸으며 꽃의 복음을 듣고 보는 것 같다. 신준수의 시를 꽃과 식물에 대한 묘사, 꽃을 매개로 다른 사람과 관계를 맺거나 인물을 환기하는 상상력, 옛것을 좋아해서 얻는 고전적 제재, 재미와 웃음을 주는 서사와 구성 등으로 유형화하여 살펴보았다. 자신의 세계관을 객관적 상관물인 꽃을 통해 내보이는, 표현하는, 발성하는 시인의 태도와 순정한 식물성의 마음이 담

긴 "꽃 피고 지는 씨가 맺힌/한 권의 나무 같"(「씨, 혹은 시」)은, 꽃다발 같은, 꽃밭 같은 이 시집을 읽고 많은 사람들이 잠시나마 서정의 광휘에 휩싸였으면 한다.

孔光奎 | 문학평론가

푸른사상 시선

푸른사상 시선 128

꽃나무가 중얼거렸다